그리움, 기억 속으로

草惠 문금자 제2시집

그리움, 기억 속으로

이지출판

■ 시인의 말

지극히 평범하게 살다 보니, 삶의 길목에 나는 어떤 모습으로 남아 있을까 하는 생각을 하게 됩니다.

첫 시집을 내고 강산이 변할 만큼 세월이 흘렀습니다. 버팀목이었던 사람의 부재로 비틀거리며 그 시간 속에서 여러 빛깔의 시 그림을 그리면서 일상의 갈피에 앉은 속기(俗氣)를 씻어내고자 했습니다.

아마, 시 그림을 그리지 않았다면 허무와 상실, 그 힘든 순간들을 어찌 건너올 수 있었을까요. 시와 씨름하며 삶의 고뇌와 슬픔을 털어냈습니다.

사유와 시야가 좁은 내 서투른 언어들. 그 언어를 다듬느라 강물이 흐르는 줄도 모르고 한 땀 한 땀 바느질하며 보낸 그 시간들. 잡념에 들지 않고 세상을 긍정으로 살아내기 위한 몸부림이었을 거라는 생각을 해 봅니다.

뒤돌아보니 너무도 부족했던 삶, 그러나 그렇게 살아갈 수밖에 없었다는 생각엔 변함이 없습니다.

항상 곁에서 마음을 써 준 사랑하는 가족들, 따뜻한 눈길로 바라봐 준 지인들과 광주문인협회 문우들에게 감사하다는 말을 전합니다.

그리고 아득한 시절 이 길로 인도해 준 김지영 시인과 이번에도 정성을 기울여 시집을 엮어 준 이지출판 서용순 대표님, 진심으로 고맙습니다.

2023년 여름
초혜 문 금 자

■ 차례

제2부_ 비 오는 날의 그림

제3부_ 꽃은 어느새 열매를 맺고

제4부_ 겨울, 그 길목에서

제1부

마루에 앉아 있는 난

감자씨

아파트 베란다 텅 빈 공중에
대롱대롱 매달린 그물자루 밖으로
얼굴 내민 감자 싹
지난겨울 새순 올라오기에
싹둑 잘라 버렸건만
종족을 퍼트리려는 본능인가
자글자글해진 몸이 또다시
튼실한 싹을 틔워 내고 있다

내가 바라보지 못한 사이에
간간이 들어온 조각 햇살과
창문 사이로 스며든 바람이
겨울 냉기를 다독이며
봄을 기다리고 있었던 것일까
햇살이 들어오는 쪽을 바라보던
파르스름한 싹들이
공중에서 손을 살포시 흔든다.

금잔화

이른 아침
강변길 따라 걷다 보니
잔잔한 강가에
노오란 꽃
수줍은 몸짓으로 피었다
네가 피면 여름이 무르익고
지면 가을이 다가오는데
금잔화, 저 노란 금잔화
타는 노을로 하늘가 물들이듯
삶에 지친 영혼들을
노랗게 물들인 여름날
조용히 흐르는 강물 사이로
소쩍새는 서럽게 울어 쌓는다.

꽃비

하늘에서 꽃비가 내린다
다 채우지 못한 그리움이듯
사뿐히 내려앉아
제 몸을 스스로 작게 낮춘다

저 꽃비 다 내리고 나면
연초록 이파리들은
내가 알고 있던 기억을 되살리어
가슴 적시는 이슬방울 되어
햇살과 동심을 불러올 것만 같고

그렇게 하늘에서 내리는 꽃비는
설렘과 목마름으로
꽃술을 흔드는 향기를 찾아
홀연히 꽃으로 사라졌다가
새잎으로 다시 태어날 것이다.

꽃들의 유혹

아침마다 오르는 산길
들꽃들이 환하게 웃고 있다
환하게 웃고 있는 꽃을 보면
안고 집으로 데려오고 싶다

아마, 나는
전생에 남자였나 보다
남자였다면
토종 잡놈이었을 것이다

예쁠 것 없으나
단아한 들꽃들
저 맑은 눈빛
내 마음으로 번지는 연정
그와 함께 바라보던
저 등 너머의 세계

이 봄날 어느 골짜기에
환하게 피었을까?
그와 나의 눈물이
들꽃들 속에 어려 있다.

장미꽃잎

비바람 부는 날
꽃잎이 남긴 말
어둡고 흐린 날 많았으나
웃을 수 있어 행복했다고
이 세상 시름 털어 버리고
평화를 누린 몸짓으로
뜰에 붉은 꽃잎 하나
조용히 떨어뜨리고 가네

눈물로 널브러진 꽃잎
볼에 살며시 대어 보니
꽃향기 코끝에 스며들어
그 속으로 빠져든 영혼
쓸쓸한 얼굴로 벤치에 앉아
세상은 다 허망한 꿈이라고
허공을 노려보며 중얼거리네.

나무

비 온 뒷날의 아침
해맑은 햇살 아래
연두색 이파리들
눈부시도록 시리고 아리다

지난겨울
하얗게 눈 쌓인 산에서
살 에는 칼바람 추위
꿋꿋이 이겨내고

구름에 숨어서도
웃음 잃지 않는
말간 해님 닮아
날마다 푸름의 얼굴

사유의 포구에
꽃 피우기 위해
처음인 듯 새롭게
세상을 초록으로 물들인다.

내리사랑

꽃피던 봄날
아비 새 먹이 물어오면
어미 새 입으로 꼭꼭 씹어
아기 새들에게 골고루
나누어 주던 시절

옆 둥지에 사는 할미 새
크게 소리소리 지른다
저들만 주지 말고
새댁도 먹어
머언 훗날 솥단지 따로 걸면
다 소용없어

– 저 할망구 미쳤나?

강물이 흐르고 흘러
그 호통 치던 할미 새 노래
뜨거운 그 말씀

세상을 향해 던지는
강을 건너 본 자의 메시지.

마루에 앉아 있는 난

다소곳한 자태로
포물선 그리며
마루에 앉아 있는 난

얼룩진 얼굴
말갛게 닦아 주자
까르르까르르 웃는다

비 개인 길가에 핀
풀꽃 촉촉이 젖은 눈가
시샘할 줄 모르고

제 곁에 버팀목
보이지 않아도
기쁜 노래 부르며

참선하는
수도승으로 앉아
빈 마루를 지킨다.

메꽃

봄볕에 밤꽃 향기 퍼지면
어김없이 따라 피는 꽃

청초한 연분홍빛 네 얼굴
티 없이 맑은 너의 눈빛

눈물 고여 오는 세월일지라도
나도 너처럼
청순한 모습으로 살고 싶다

남쪽 시골 어느 밭두렁에서
먼 길, 기별도 없이 찾아왔니

강물이 흘러도
나팔꽃이라 부르는 시간이 길었다
이제 메꽃으로 부르려니
마음이 무겁고 부끄럽다

타지, 강변길 걷다 너를 만나
뜨거웠던 유년의 기억만
퍼올리는 황혼의 샘가에서

혹여 네 이름 잊을세라
지저귀는 새처럼
메꽃, 메꽃
가만가만 되뇌어 본다.

벚꽃

잎 피기 전
꽃망울 터트려

햇살 머금은
수줍은 몸짓으로
화사하게 만개한 꽃

저 꽃은
절정을 이룬 뒤
땅바닥에 우수수 떨어지면
열매로 맺힐 것이나

우리네 생은
세월 속에 사위어 초라해지면
바람 부는 거리에 나뒹구는 낙엽으로

쓸쓸하게 부서져 갈
한 잎 외로운 혼인 것을.

봄날 국수봉에서

국수봉 상수리나무 숲에는
그리움 모여서 살고
산자락 사이사이를 걷는
고즈넉한 노을빛은 시리다

엄동설한 그 길목마다
벌거벗고 서 있던 나무들
등 뒤에 무거운 아픔 딛고
파릇파릇 싹 틔운 이파리들

따스한 햇살 아래
늘 풋풋한 잎 꿈꾸어도
푸른 계절 보내고 나면
눈물로 사위어 갈 고운 티
저 세월 속으로 봄날은 간다.

봄날을 적시는 아파트 뜰

나무들이 병풍으로 둘러선
아늑한 산자락 아래

꿈 펼치려는 듯
아치 위로 올라가는
흐드러진 줄장미

등 뒤에 아픈 시간 내려놓고
미소 짓고 있는 길가에
이슬 머금은 풀꽃들

기암석 사이사이
연분홍 철쭉
놀이터에 퍼지는
라일락 향기

가끔, 물안개 꿈틀거리는 곳

발자국마다 꽃들이 소곤거리며
사랑하는 연인 만나듯
다정한 얼굴로 반긴다.

봄으로 가는 길

산으로 향하는 길
저 단단한 흙 뚫고
솟아오르는
새싹의 촉을 본다

어머나,
여리디 여린 것
조용히 솟아나와

저 촉 선단에
세상을 들어올리는
초록의
힘이 숨어 있다.

뻐꾸기

하늘은 별들의 꽃밭
세상은 울음의 꽃밭

울음 꽃 터지는 소리로
앞산에서 뒷산으로
길잡이 울음 우는 뻐꾸기

뻐꾹 뻐꾹 뻐뻐꾹 뻐꾹

품 떠나가
제 날개 편 아이
어느 자락에 앉아 저 소리 들을까
어미 뻐꾸기 피울음에
혹여 날 찾지 않을까

꽃구름 진 하늘가에 뻐꾹 뻐꾹
땅거미 진 강 위에 뻐꾹 뻐꾹

산기슭에 하루 내 엎디어
바위가 무너지도록 우는구나.

시화전_ 남한산성에서

아카시아 꽃향기 그윽한 오월
남한산성 수어장대에는
봄물 오른 풀꽃들이
꽃주머니 시화전 펼치고 있다

풀꽃들의 꽃주머니 속엔
남한산성을 노래한 시도 있고
내 시도 한 수 담아 두었다

바람의 숨결 같은 성곽길
어릴 적 논둑길에서 마주친
구불거리던 뱀 꼬리 닮아 있어
무너진 권력의 상징인 듯 애잔하다

그림으로 그린 너와 나의 시
아카시아 꽃향기로 널리 퍼져
선배들이 걸어간 길을
후배들이 묵묵히 가고 있다.

기억의 창고 속에
똬리 틀고 있는 얼굴

창밖에 비가 내리면
저 멀리 산자락 휘감아 도는
자욱한 물안개 사이로
아득한 시간 너머 기억들이
발자욱 소리도 없이 걸어 나온다

아지랑이 피어오르던 그 봄날
햇살 내리쏟는 툇마루에 앉아
눈에 티끌이 들어 울고 있는 내게
가장 부드러운 혀로
눈동자 쓸어 주시던 할아버지

푸른 대밭 수런대는 겨울밤
화롯가에 마주 앉아
옛이야기 들려주시며
맑은 물빛으로 세상을 살아야 한다,
가슴이 따뜻한 사람이 돼야 한다고
귀에 못박히도록 부르던 그 노래

여태, 내 귓등에 숨어 살던 꽃
이제서야 그 유년의 마음밭에 앉아서

아득한 시간 너머 기억 한편에
한 송이 꽃으로 오롯이 피어 있다.

유년의 기억

감나무 꼭대기에
대궐 같은 집 짓고
아침잠 깨우던 까치 소리

지게 뒤에 진달래꽃 꽂고
서당 재 넘어오던
묵정밭 풀꽃들

밤이면 툇마루 남포등 아래
매운 연기로 오르던 모깃불
평상 위에 앉아 별 보며
이야기꽃 나누던 사람들

고단한 하루를 농익은 입담으로
연기 속에 그리던
그때 그 사람들은 어디에

한세월 두드리던
다듬이 소리
그리운 얼굴들이
웃으며 다가오네.

쑥털털이

찬바람 스치는
가시덤불 사이로
봄 향기 물씬 나는 애기쑥
살포시 내민 얼굴
하나하나 따다가
새하얀 꽃가루로 새 옷 입혀
아궁이에 불 지피니
오메, 신들린 눈꽃인가,
흐드러진 저 벚꽃 숭어리 좀 봐
쌉싸름한 봄꽃 어린 맛
참말로 예술이네.

쑥을 캐며

시야가 흐린 봄날
강둑에 앉아
봄을 캔다

아지랑이 잠겨 있는
드넓은 들판에서
봄을 캔다

라일락 꽃향기 닮은
쑥 내음
맛보고 싶어

미세먼지 무릅쓰고
어릴 적
갈래머리 소녀로 돌아가

노을이 타는 하늘가
강둑에 앉아
봄을 캔다.

아이의 상처

감나무에 앉아 지저귀는
까치 소리에
아침잠 깨어나

이슬방울 털어가며
감꽃 줍던 아이

어릴 적 아버지 전쟁에 나가
떨어진 꽃잎인 줄 모르고
해 질 녘 동구 밖에 홀로 앉아
꽃구름 진 하늘가 그려보다가

햇살 말갛게 어린 꽃떨기
동그란 감꽃 주워
목걸이 만들어 두고
겨울나무로 서서 기다렸으나

날 가고 해 져도 돌아오지 않아
피맺힌 절규로 얼룩진 나날
아버지, 그 이름 낯설기만 하다.

오월이 오면

용문사 대웅전 앞뜰
불두화가 화사하게 웃고 있다

한 시절 건너서
내 마음 활짝 열게 한 꽃

시린 계절 보내고 돌아와
하얗게 피워 낸 함박꽃

푸르디푸른 봄 끝자락을
따뜻함으로 물들이는 꽃

저 소담스런 꽃잎 위로
저녁나절 비가 내리친다.

쥐들의 신혼여행

어느 봄날
서로의 불빛이 되고 싶어서
매화꽃 핀 뒤란에서
쥐들은 백년 기약을 하며
결혼식을 올리고
신혼여행은 장독대로 갔다
서로 불꽃같은 사랑을 나누다
고추장 독에 빠져 버린 신부
신랑 쥐 발 동동 구르자
온몸에 벌건 고추장
뒤집어쓴 채 얼굴 내민
신부 쥐 웃으면서 하는 말

여보, 나 섹시하지 않아요?

지는 해

서산에 해 지듯
그대 지고 나면
세상은 잿빛으로
누워 있는 바다

그 바다 위로
배 한 척
띄우지 못하고

그저 그렇게
홀로 견디다
지는 것이라고

사람들은
꽃놀이나 가자고
나를 다그치는데.

진달래꽃

산기슭마다 그대는
산등성이마다 그대는
연분홍 눈물 뿌리는
수줍은 새색시처럼
따스한 봄날
세상을 환하게 밝힌다

저 강물 속에 그대 있다면
저 바람 속에 그대 있다면
두견새 노랫소리마저
푸르고 푸를 것
산자락마다 연분홍 꽃물로
물들이는 그대는
사월의 촛불을 환하게 밝힌다.

물들어 가는 것

끓는 땡볕도
한낮 지나면
사과 빛으로 잦아든다

저 높고 깊은 산골짝
유유히 흐르는 저 강물
어찌 막을 수 있으랴

세월은 흘러 돌아오지 않고
우리 삶도 세월 따라 가는데
무엇에 쫓겨 서성거리는가

푸른 계절 지내고
묵도에 든 나무 또한
바람 숨결 따라 하늘거린다

우리 모두
저 강물 등에 지고
사과 빛으로 물들어
나무의 숨결을 따르자.

풀꽃들의 나들이

팔월 끝자락
바다 냄새 물씬 풍기는 군산 선유도
젊음이 사그라진 초로의 풀꽃들
바닷가 갓길에 한 차 쏟아 놓는다

가을 꽃 피워 내는 그리움
푸른 바다 위에 풀어 놓고
모진 삶 속에서 일탈을 꿈꾸는 하루
몇은 바람에 꽃잎으로 흩어지고
몇은 원을 그리며 콧노래 부른다

세워 놓은 승용차 뒤로 몸 숨긴 꽃
쓰디쓴 담배 연기 빠르게 내뿜고

물결 위에 흩뿌려진 꽃잎 하나
초점 잃은 눈동자로
수평선 바라보는 빈 마음도 함께
노상에서 어울려 어깨춤 들썩이니
바다도 서글퍼서 파도로 부서진다.

맹골수도에 갈앉은 꿈

고등학교 2학년인 우리는
잠시 봄꽃 속에 젖어 보고 싶어서
설렘으로 뱃길 수학여행 길을 나섰다

진도 앞바다 맹골수도
좌초된 배가 거꾸로 뒤집혔다
움직이지 말고 가만히 있으라는 안내 방송에
천장에서 쏟아지는 바닷물 속에서
꼼짝 않고 그 자리에서 기다렸다
차오르는 물 위에 그리운 얼굴들이 출렁거렸다

부모님 손 한 번 잡아 드리지 못하고
이루고 싶은 꿈 펼쳐 보지 못한 채
꿈 많은 열여덟 꽃다운 나이에
우리는 세월호 밑창에 갇혀 버렸다

세상 속 모든 물은 맑기만 했는데
목구멍을 타고 넘어오는 물은
왜 이리 짜고 소용돌이치는지

큰 소리로 불러도 대답 없는 바다 속
아무도 우리 손 잡아주지 않는다
아버지, 어머니, 친구들 차례로 불러본다
이 숨 막히는 일이 사실이라면
캄캄한 이곳은 어디쯤일까
우리의 꿈은 여기가 아니었는데.

제2부

비 오는 날의 그림

강 위를 서성이는 고니 | 강변에서 | 곤지암천의 물오리
청둥오리의 하루 | 남도 사투리 그리는 아저씨
둥지에서 날아가 버린 새 | 망초꽃 | 무술년 여름 매미들
비 오는 날의 그림 | 비봉산 휘감은 물안개 | 비에 젖은 국립묘지
상실의 아픔 | 소래포구 | 순환의 계절 | 아이들과 회초리의 사연
슬픈 사랑 이야기 1 | 슬픈 사랑 이야기 2 | 양평 강가에서
얼굴 내민 새싹 | 여름날 | 여울물 소리 | 우연히 만난 인연 | 고향집 풍경
가을 단풍 | 유년의 꿈 | 폭풍우로 상처 입은 나무 | 끝나지 않은 사랑

강 위를 서성이는 고니

바람 따라 물 주름 지는
저녁 강가에
덩그러니 서 있는
고니 한 마리

푸른 하늘로
맘껏 치솟고 싶어
연잎 날개
향처럼 피워 올리고

시 한 줄
읊고 싶은
그리 간절한 꿈
이루지 못한 채

새벽마다
이슬과 함께 일어나
먹이 구하러
강물을 품는다.

강변에서

나지막한 산모롱이 돌고 돌아
구름 같은 강물이 흐르고
청둥오리 가족
그 물 위를 거니는데
나는 강변에서 봄을 찾는다

새벽이 오고 종이 울리고
강물은 흐르나 나는 여기 머문다

얼굴 마주하고 손 맞잡던 이
강물 따라 가 버리고

초롱초롱하던 눈빛
그믐달 이지러지듯
나른한 물결로
흘러가는 동안

굽이굽이 세월은 흐르고
나는 강변길 여기에 머문다.

곤지암천의 물오리

사방 산 눈옷 입은 나무 아래
흰 꽃 같은 하루는 저물고

노을빛으로 타는 하늘가
라일락 내음만큼 붉게 피어오르고

넓은 도랑 너머 우거진 숲
그 숲 사이로 따뜻한 강이 흐르고

강기슭에 옹기종기 함께 모여
해바라기하고 있는 물오리 가족

나뭇잎에 지는 세월 아쉬워

햇살 좋은 곳 찾아 시 읊으며
고향 같은 강물을 오르내린다.

청둥오리의 하루

상수리나무와 참나무가
빼곡히 들어선 오솔길
그 아래 잔잔히 흐르는 강
강기슭에 옹기종기 모여
해바라기하고 있는 물오리들
넓고 수려한 도랑이 제것인 양
봄, 여름, 가을, 겨울
행복의 물방울 하루 내 튕긴다

시야가 탁 트인 강변길
날씨야 맑든 흐리든
이른 새벽부터 저녁까지
사람들이 운동하러 나온다
해 질 녘 노을이 붉게 타면
내 영혼도 노을로 물들어
바람 불고 눈비 내려도
강변길은 언제나 따뜻하다.

남도 사투리 그리는 아저씨

오메
엇그제까지
대그박 홀랑 벗겨지게 덥더니만

오메
누구를 홀릴라고
오늘 아침엔 바람이
살랑살랑 꼬리를 흔든당가

아 글씨 내일이나 모레나
사람 마음 변하듯
변덕이 죽 끓듯 하면
좆나게 더울 줄 누가 알기나 알간디
사랑처럼 뜨거울 줄 누가 안당가

말복은 아직 멀었는디
새들은 나뭇가지에 앉아
세상을 논하는디
눈먼 바람꼬리 잡고 가다
꽃잎 떨어진 나뭇가지처럼
홀랑 벗겨질지 누가 안당가.

둥지에서 날아가 버린 새

내 숲에 앉아 있던 새들이
하나둘 날아가더니
다시는 돌아올 줄 모른다

나는 눈뜬장님으로
너에게로 갈 길을 찾는다
가도 가도 너에게
가는 길은 열리지 않고
기억의 언저리에서 길을 찾으며
밤새워 가도 길은 멀기에
나무 위에 올라가 끝내
잠들지 못하는 한 마리 새로
둥 둥 떠 허공에서
오늘도 나는
너에게로 가는 길을 찾는다.

망초꽃

안개꽃 닮아
망울망울 젖은 눈으로
한들거린 망초꽃

화려한 장미꽃처럼
임의 마음 사로잡지 못하나

삶마다 끼는 진딧물
꽃잎에 달라붙지 않아

흰 구름 떠도는
묵정밭에 서서
새소리에 귀 기울이며

세월이 흘러
인심세태 변할지언정
이 땅 빈 공간 사이
산과 들 지키고 서 있다.

무술년 여름 매미들

여름 끝자락, 한낮 지나
고요 속에 묻힌 아파트

그 적막 깨고 나무에 앉아
고래고래 소리 지른 매미들

가는 여름이 서럽다고
오는 이별이 두렵다고
서럽게 울어 쌓는다

푸른 시절 오기까지
애벌레로 기다린 육 년 세월

등 뒤에 무겁던 시간 잊고
처음인 듯 새롭게
여름 내 황홀했던 숲

짙푸른 숲속에 앉아
슬피 우는 매미들
세상을 끌어안고 울어 쌓는다.

비 오는 날의 그림

잊혀진 기억들이
웃으며 다가오듯

내리는 빗방울 사이로
가 버린 시간들이 걸어오네

멀리 떠나 버린 꿈
비로 흘러내리듯

젖은 나무 이파리처럼
고개 숙이면

무거운 창가에
푸른 바다가 열리네.

비봉산 휘감은 물안개

산등성이에 올라서니
저 멀리 승려처럼 고개 숙인
야트막한 산과 언덕들
집착도 초월도 없이
유유히 흐르는 저 강물
충주호는 산을 안고
산은 충주호를 품고
나그네처럼 떠도는데
아이를 치마폭으로 감싸듯
산자락 휘감아 돈다.

비에 젖은 국립묘지

동작동 산기슭에
사열이라도 하듯
일렬로 서 있는 석물 앞에
몸도 가눌 수 없는 노인이
망부석처럼 앉아 있다

이마엔 주름살이 깊게 패이고
푸른 힘줄이 툭 불거진 손으로
석물을 잡고 마치,
아들의 얼굴이라도 만지듯
쓰다듬고 있는 노인의 행지
자식을 잃은 비애가 서려 있다

1950년 몇 월 며칠
○○전투에서 사망
그 무덤 같은 세월의 무게
줄어들지 않았지만
자식을 잃은 슬픔은
자유의 초석이 되었고
그들의 장엄한 산화는
이 땅의 주춧돌이 되었다

가장 숭고한 영혼들
가장 아름다운 불꽃들
임들의 호국 정신은
고귀한 뜻으로
평화의 꽃으로
영원히 꺼지지 않는
불빛으로 남아
국립 서울 현충원 산기슭에
고이 잠들어 있는 임들은
이 세상 가장 따뜻한 등불이어라

진혼곡이 울려 퍼지고
예포를 쏘아올려
임들의 넋을 기리는데
하늘도 임들을 위로하듯
아카시아 꽃향기 사이로
하루 내내 눈물을 뿌린다.

상실의 아픔

이루지 못한 잠 때문에
숨이 딱 멎어 버릴 것 같아
자리에서 벌떡 일어나
이쪽저쪽 다 둘러보아도
내가 찾는 그림자 보이지 않아
눈까풀 파르르 흔들리어
베란다로 달려가 허공을 붙잡고
뿌리째 흔들린 창문 열어 보네

숨 한 번 크게 내쉬고
이승에서 경을 듣는 간절함으로
비어 있는 겨울밤을 다스리니
그 몹쓸 정이란 언어 앞에
하늘길 달빛 지난 흔적뿐이네
산 자의 통증은 언제쯤 잦아들까.

소래포구

낮달이 떠 있는 하늘 아래
고기잡이배, 뱃고동 소리도 없이
포구로 들어온다

생선 좌판대에
팔짝팔짝 뛰는 새우
고무 함지박에
살아서 꿈지럭거리는 낙지

나는 고무 함지박
살아 움직이는 낙지를
눈으로 찜하고
시장을 돌아 나오는데
갈매기 한 쌍이
갯가에서 먹이를 줍는다

전염병 코로나19로
거리는 한산한데
시끌벅적한 포구는
사람들의 땀내가
시장 길목마다 퍼져 있다.

순환의 계절

아침나절 산길을 걷다가
숲속에서 만난 다람쥐
아이 같은 천진한 눈빛을 하고
꼿꼿이 서서 두 손 모아 합장하더니
귀를 쫑긋 세우고 나무 위로 올라간다

저기, 서럽게 우는 풀벌레 소리
음표 없는 화음으로 울려 퍼지고
이렇게 가을이란 계절이 성큼 다가오면
계절은 또 어김없이
자연의 순환으로 생을 성숙하게 한다

맑은 이슬방울 풀잎에 어렸더니
어느새 벼 끝으로 올라가 맺혀 있다

세상에 살아 있는 것은 다 치열하다

이때쯤 밭고랑 뒤엎은 늙은이
자신의 생은 한 번도 뒤집지 못한 채
몇 알의 뿌리채소를 얻기 위해
이마에 땀방울 맺히도록 땅을 뒤집는다

계절이 바뀌어 찬 서리 내리면
까치는 감나무에 앉아 감을 쪼고
낙엽 길 총총 내달리는 다람쥐
겨울 준비하느라 도토리 주워 모은다.

아이들과 회초리의 사연

아이들 눈동자
저리 반짝이는데
하늘 아래 자신의 분신
어여쁘지 않은 이 어디 있으랴

하루가 다르게 자란 나무
곧게 자라길 묵기도하며
잔가지 치는 아픔
눈물로 삼킨다

오늘도
반듯한 나무로 키우기 위해
손에 회초리 들고
가지치기할 때마다
너도 아프고
나도 아프다.

슬픈 사랑 이야기 1

감나무 꼭대기에
둥지 튼 까치 부부
마알간 하늘 폭에
사랑의 돛을 달았다

나뭇가지에 앉아
두 손 맞잡고
먹이 주고받으며
얼굴 부비는 몸짓

젊어 혼자 된 암까치
수까치 늦게 만나
까맣게 멍울진 한
하얗게 풀어서 날리는데

어느 날 사냥 연습하던
포수의 총탄에 맞아
길바닥에 쓰러진 수까치

임 기다리던 암까치
이어지는 숙명 앞에
마음 다잡고 고개 숙인다.

슬픈 사랑 이야기 2

황혼 끝자락에서
세상이 꽃물로 물든 봄날
육십인 할아비와 칠십인 할미
사랑에 눈이 멀어 둥지를 틀고
당신의 생애처럼 구부러진 허리로
세탁한 와이셔츠 찾아와
할아비 어깨에 날개 달아 주며
사랑에 취해 울던 작은 월세방

시렁 위에 알 바구니 텅 비면
길 건너 새댁 집으로 쪼르르 달려가
새색시 같은 수줍은 얼굴로
정재문 앞에 허리 꼬고 서 있다
새댁이 계란 두 알 손에 들려주며
할머니 할아버지가 그렇게 좋으세요,
그럼 아들보다 훨씬 더 좋아
할미는 수줍은 미소로 대답하더니

봄가을 서너 번 오가고
매화꽃 만개한 어느 봄날
할아비 변심해 집 나가 버리자
할미는 그리움 삭이지 못하고
시름시름 앓다 이 세상 하직했다고.

양평 강가에서

공원 길 들어서니
강이 쓸쓸한 얼굴로 앉아 있다

잔잔한 강물 사이로
물수제비 톡톡 튀어 오르고
보트에 몸을 실은 연인
물살을 가로지른다

강 가장자리에 서 있는
하얀 찔레꽃은 흐드러져서
눈송이 날리듯 흩뿌려지고

슬픔을 배정하는 오후
노을빛으로 물든 강물
넋 놓고 바라보고 섰다가
천천히 공원 길을 나선다.

얼굴 내민 새싹

갈라진 살 사이로
얼굴 내민 나그네여

눈부신
햇살 따라
눈이 멀어 따라온 길

그대는 아직 모르지요

세상 눈물
아린 맛.

여름날

강이 보이는 창가에
이슬 머금은 배롱나무꽃
강변길 언덕배기에
점박이 산나리꽃
나지막한 산자락 휘돌아
강물은 잔잔히 흐르고
여름날 집을 나서는 이의
이 아침은 아쉽고 설렌다.

여울물 소리

돌
돌
돌
멈춤 없이 구르고 굴러
돌
돌
돌
기억 속으로 걸어가는 소리

징 검 돌 다리 너머

저 그리움
내 그리움.

우연히 만난 인연

해 질 녘
서쪽 하늘이
노을빛으로 물들면
설렘으로 번지는 가슴
오늘도 세상엔
좋은 인연과 나쁜 인연
그대와 나의 경계다

인연이란
소리 없이 다가오듯
바람처럼 오가는 인연
봄이 오면 꽃피고 새 울고
가을이면 열매 맺고
나뭇잎 떨어지듯
이 겨울 가슴으로 쓴
소중한 인연으로
한 편의 시를 읊는다.

고향집 풍경

대문 들어서면
사랑채 초가지붕 위로
임 찾아 올라가던 박 넝쿨

봄 햇살 쏟아지는 마당엔
그 햇살 입에 물고
어미 따라 종종거리던
털 보송보송한 노란 병아리들

파리한 달빛 아래
바람이 돌아 나온 남새밭
가지나무에 주렁주렁 열린
미끈한 자주색 가지

뒤란으로 가는 길목
장독대 둘레엔 분꽃, 채송화
가을이면 청사초롱 들고
어둠 밝히며 서 있던 감나무
아득한 곳 눈에 멀리 있구나.

가을 단풍

산등성이마다
붉은 꽃물
확 뿌려 놓은 듯
온 산은
꽃불로 활활 타오른다

오색으로 타는 단풍잎
내게 더 가까이 있고
슬픔 가운데도
더욱 푸르게 서 있다

세상은
저 절정 앞에
소리 없이 서 있는데
우리도 닮고 싶어
아, 아
탄성이 절로 나온다.

유년의 꿈

내 유년의 창가에
조롱박 같은 꿈이 출렁거렸다

눈 감으면 훤히 보이고
눈 뜨면 멀리 사라지는 꿈

고운 꿈 키우며 살아가는
눈 새까만 단발머리 소녀

바람 따라 파문 짓는
유년의 강가에 물 주름 진 기억들

인자한 눈빛으로 나를 달래다
호통도 곧잘 치시던 할아버지

그 꿈 이루려는 날갯짓으로
소녀는 출렁이는 우물을 맴돌았다.

폭풍우로 상처 입은 나무

성난 태풍이 세차게 밀려와
이별을 고하는 나무 이파리

가슴을 울리는 음악이 아니라
상처만 주는 소용돌이

에워싼 것은 산이로되
원래 산과 바다는 푸르러
말간 하늘 폭에 돛을 달려 했으나

동그란 집 속에 몸 숨기지 못하고
한 번 찌르면 이성을 잃고 나대는
바람을 가르며 외치는 소리

초록의 이파리마다 불 붙이며
뼈마디 툭툭 부러지는 통증에도
아무도 폭풍우 잠재우지 못한다.

끝나지 않은 사랑

별 없는 겨울 숲에
남은 이야기 하나

배 주려 우는 아이에게
가슴 열어 젖 물리면
눈 딱 감고 울음 삼키던 아이
제 양 다 채우면
제 발 잡고 눈 맞춘 채
웅얼웅얼 옹알이하며
엄마 얼굴 눈에 새기더니

가슴에 종을 달고 살려 하나
봄, 여름, 가을, 겨울
황혼의 뜨락엔 바람이 차다
강물은 쉼 없이 흘러가는데
마파람에 닫혀 버린 문처럼
또 다른 벽과 언덕이 되어 갔다
그 언덕 수없이 오르내리며
나 혼자 하는 짝사랑이라고
저 스스로에게 타이르며
집에 돌아와 나를 뒤돌아본다.

제3부

꽃은 어느새 열매를 맺고

뜰 안 단풍나무 찾아온 새 | 가슴 설레는 계절 | 가을 나그네
가을밤에 홀로 앉아 | 그 섬에 가다 | 가을에 쓴 편지
금강산 만물상 | 유년의 추억 | 귤나무 | 갈림길 | 자식 사랑
미세먼지 | 남해바다 | 노유동 52번지 | 빗속의 설악산
마지막 잎새 | 산정호수 | 동명항 | 삼일포 바다에서
선운사 꽃무릇 축제 | 세월 가는 소리 | 어미 새 | 통기타
그대는 | 꽈리 | 꽃은 어느새 열매를 맺고 | 도마와 칼

뜰 안 단풍나무 찾아온 새

이 땅 어느 고을
그 누구에게도
마음 붙일 수 없어
나무를 찾아온 거니

많은 사람 만나기 싫고
보고 싶지 않아
혼자서 온 거니

날아가 버린 임
생각나 예까지 온 거니

빠르게 변해 간 세상
인정하기 싫어
그 활활 타는
작은 가슴의 불길

나무에 앉아
조용히 삭히고 싶어
눈물로 찾아온 거니.

가슴 설레는 계절

이른 봄
언 땅에서 꽃 피운
순백색 매화꽃이 나를 울리고

초여름이면
온몸으로 땡볕 견디느라
시들어 간 모종이 나를 울리고

이별이 가까이 온다고
내 영혼 뒤흔들며 서럽게
울어대는 매미들이 나를 울리고

가을이면
노을보다 더 붉은
서리 맞은 단풍잎이 나를 울리고

생애, 명장면
눈 내린 뒷날 아침
신들린 듯 떠는 눈꽃이 나를 울린다.

가을 나그네

가을 들어 풀벌레 소리
심금을 울리는데
서산으로 저녁놀 지고
비가 내리더니
하늘엔 찬바람이라
바람 따라 헤매는
갈잎 같은 이 마음
어딜 갈까 하노라.

가을밤에 홀로 앉아

봄은 저 멀리 가고
온갖 꽃 다 시드니

빗속에 산열매 떨어지고
가로등 아래 풀벌레 운다

창가에 홀로 앉아
시 읊어도 즐겁지 않아

해 질 녘 붉게 물든
노을로 타는 꽃 하늘

응어리진 이내 가슴
봄눈 녹듯 스러지니

무거운 세월 이고
살아온 날들이
그리움으로 타고 있다.

그 섬에 가다

소슬바람에
햇살도 움츠린 가을 끝자락
여객선에 몸을 실었다

국화도 정각에 올라서니
안개 자욱한 허허바다
저 건너 입하도, 자라섬, 갈매기 떼

바닷가 모래 위에 발자국
왔다 가는 이들이 쏟아낸 이야기인가

둘레 길섶에 다소곳이 앉아 있는 꽃
옛날 옛적 섬으로 시집온 새색시
뭍 향한 그리움으로
보랏빛 국화로 피어

잠 못 들고 뒤척이는 파도 너머
고향집, 초가지붕 위 하얀 박꽃
지난 세월 주마등도 꿈처럼 내려놓고

국화도에 뿌리내린 그녀
내일을 축수하는 마음 하나로
석양을 흠모하며 살고 있다고.

가을에 쓴 편지

노을에 젖은 단풍잎 보면
가 버린 사람이 생각난다
가슴에는 단풍잎만 한
그리움이 쌓이고
세상은 한목 잿빛이다

앙상한 가지에 나뭇잎 보면
가 버린 사람이 생각난다
거리에 구르는 저 낙엽들
창밖에는 비가 내리고
가슴에는 슬픔이 쌓인다

멀리 가 버린 사람아
해마다 오가는 가을처럼
해마다 곱게 물든 단풍잎처럼
꽃물 뿌리고 가시려거든
다시는 돌아오지 말 일이다.

금강산 만물상

늘 푸른 소나무들
일제히 손을 들어
환호하는 오월

삼팔선 금 그은 지
반세기 만에
금강산을 찾아갔다

기암괴석 사이로
미끈한 적송(赤松)
이슬 머금은 솔이파리

나무 대롱 타고 흐르는 물
나뭇잎 띄워 마시며
메마른 영혼 적시는데

갈맷빛 깊은 골짜기
울어대는 저 두견새
그리움도 서러움도
다 벗어놓고 가라고
폭포는 내리꽂힌다.

유년의 추억

고사리손 흔들며
망초 꽃길 따라 학교 가던 길
신작로 뿌연 먼지 일으킨
집채만 한 버스가 무서워
놀란 가슴 쓸어내리던 그곳

여름 장마에
논배미 쓸려간 원두막에서
소꿉놀이 했던 순이
지금은 어느 하늘 아래서
그때 그 추억 그려보고 있을까

활활 타는 땡볕 아래
도토리만 한 기쁨을 주우며
물장난치던 개울가 친구들
파노라마로 펼쳐진 하루

오늘밤 꿈속에서라도
그때 그 시절로 되돌아가
삶이란 무거운 짐 내려놓고
고향 하늘 여한 없이 날고 싶다.

귤나무

어린 나이에
낯선 곳으로 시집와
뿌리 내리느라 고달팠을 나무

바다가 보고 싶어
화분 밖으로 뛰쳐나가다
제 손 가지치기 당하는 아픔
조용히 삭이며 울고 불다

따끔한 질책과 격려 속에
파도로 향하는 마음 접고
어둠을 귤빛으로 물들인 새벽

푸른 이파리 다독이며
향기 그윽한 꽃 피워
베란다 한쪽을 채우는 귤나무

고향에 가지 않아도
노오란 열매 가졌다고
행복한 웃음 짓는다.

갈림길

고단한 인생의 길목마다
울면서 거리를 헤매면서
때론 영겁의 안식을 기대했다

등 뒤에 무겁던 시간을 잊고
피곤한 눈길 강물에 적시면
기쁨의 내일로 갈 수 있을까

길섶에 피어 있는 여린 들꽃들
나뭇잎 사이로 보드란 햇살
그 틈바구니 걸어가는 나그네

날마다 오가는 길섶의 풀꽃들
그저 꽃이려니 하고 지나쳤으나
꽃들이 예뻐 보이는 오늘 아침

종소리 들리는 세상에 살면서도
내 삶 축복인 줄 모르고
높은 곳 향해 올라갈 꿈만 꾸었다.

자식 사랑

비가 오나 눈이 오나
나는 너를 버린 적이 없는데
너는 끊임없이
내게서 멀어져 간다
그리고 나를 버린다
누구를 탓하리
세상이 다 그러한 것을
어찌할거나
날이 가고 해가 갈수록
낡고 초라해진 이 몸뚱이

너 언젠가 초라해지면
어쩔거나, 그것이 걱정이다.

미세먼지

한낮 거실에 누워
창 너머 산자락 바라보고 있다

봄에 날아오는 것도 모자라
가을에도 찾아와
그 곱고 푸르던 나무들
미세먼지 뒤집어쓰고 서 있다

가을에서 겨울로 가는 날
아득한 유년의 강가에
비 개인 뒷날
산자락 휘감아 돌던 물안개

저 뿌연 미세먼지로 어둠 헹구고
어릴 적 설렘으로
내 가슴 적시던 물안개였으면.

남해바다

세상 시름 다 품어 줄 것 같은 바다
어머니의 넓은 마음처럼 늘 푸른 눈이다

해일 일어 갯바위에 부딪치는 파도
덧없는 생처럼 흰 물거품으로 부서지고

나는 지나온 길이 수평선 맨 끝에 닿아
바닥을 친 것인지 이젠, 열정도 식는다

푸른 하늘 나는 새 떼처럼
살아내기 위해 뜨겁게 춤추는 갈매기

수면 위로 어둠을 힘껏 차고 올라
비상할 수 있는 길 어디 없는 걸까

한곳에 머물러도 바다는 항용 푸르다.

노유동 52번지

이사하던 날
은행나무 이파리 무성하던 뜰 안에
라일락 움트는 종소리 울렸었지

아늑하게 맞은 보금자리
날개가 있다면 훨훨 날아다녔다

온갖 고뇌와 시련 이겨내고
바람 서린 현관문 지키느라
내 땀은 다 녹아내렸다

벽지를 몇 번 바꾸고
은행나무가 창문을 훌쩍 넘었을 때
동고동락했던 너를 두고
다른 둥지 찾아 날아갔다

새 보금자리에 앉아 밖을 보니
눈앞에 떠오르는 옛집
하룻밤 꿈인 듯한 젊은 날이
노유동 은행나무를 스쳐 지나간다.

빗속의 설악산

비 내리는 사 잇 길
운무에 휘감긴 산자락
그곳 거니는 나그네
홀로 숲길 걸으니
마음 한구석엔
그리운 임 생각나
함께 걷지 못함을 탄식하네.

마지막 잎새

젊은 날 혼자되어
남도 산간 오지에서
몸만 갖고 서울에 올라와
낯선 서울 단칸방에서
맹물로 빈 배 속을 채우며
끝없이 이어지는 소용돌이 속에서
눈망울 새카만 사 남매 품고
머리에 인 광주리 내려놓은 적 없이
그렇게 젊은 날은 날아가 버리고

나이 들어 오랜 병석에 누워 있을 때
그나마 마음 헤아려 준
작은아들 내외는
자나깨나 고향 개울가
물소리 되고 들꽃이 되어
이십여 년을 한결같이
손발 되어 준 며느리 불러
그동안 고맙고 미안했다
언제 어디서나 너 잘되라고 빌어 줄게

어머니
이 무더운 날씨에 먼 길 떠나지 마시고
힘들어도 우리 곁에 조금 더 머물다
여름 가고 날씨 서늘해지거든
날개 달린 새처럼 훨훨 날아가시라며
생사의 갈림길에 서서
고부간에 끌어안고 울었다고

한 많고 시름뿐인 세상 길
마지막까지 미소로 배웅해 주는
봄날 꽃보다 더 고운 며느리
구겨진 세상에 한 줄기 빛이네.

산정호수

잔잔한 호수 위로
파란 하늘 채우는 고추잠자리
여유로운 몸짓으로 강 위를 맴돌고
구불구불 이어지는 오솔길과 숲
가을과 강이 만나는 길목이네

이 풍광 품어 안고
오솔길 거니는 나그네
산새 날아가 버리듯
그리운 임 가 버리고
붉은 나뭇잎에 세월만 가네

지는 해 서산에 걸린 저물녘
낙하가 두려워 떨고 있는
슬픔 머금은 듯한 이파리
무서리에 젖은 고운 단풍잎
사월의 두견화보다 더 붉네.

동명항

어젯밤부터
봄 재촉하는 비 내리더니
아침 오고 한낮 지나자
햇살이 쨍하고 얼굴 내민다

아스라한 수평선 물결 위로
꽃물 실은 여객선
싱싱한 물이랑 사이로
뱃고동 소리 붕붕 울린다

저멀리 바다 위에
물안개 자욱한 섬
갯바위에 낚시꾼
한 마리 외로운 새로
파도로 출렁이는 바다에
낚시 바늘 드리우고
세월 가는 줄 모른다.

삼일포 바다에서

바다에 나들이 나온
이북 동포 그림자는 보이지 않고
남쪽 관광객들만 바다를 돌고 있다

안개는 안과 밖의 경계를 이루며
수채화 물감으로 번지는 바다
야트막한 산언저리에
울긋불긋 물든 단풍잎
잔잔한 바다 쪽빛 물결을 두고
싱싱한 물고기 같은 시어들
말갛게 건져내고 싶어
화선지 꺼내 메모하고 서 있는데

– 선생은 시인이십네까?

중년의 깡마른 남자 안내원
곁으로 다가서는 모습이 낯설지 않아

– 그저 시를 좋아하는 사람입니다.

따뜻한 시선 던지며 웃어 주었다

시인 최치원은 금강산이 하도 아름다워
시 한 줄 쓰지 못하고
감탄만 하다 돌아갔다지요? 했더니

– 우리는 혁명 주체가 으뜸이기요.

안내원 동문서답이다

주고받는 대화 속 넘지 못할 벽
그와 나의 거리는 불과 2미터
사상과 이념의 차이는
한라산과 백두산 거리

삼팔선에 철책을 두르고
등 돌리고 살아온 지
어언 반세기 훌쩍 지나
금강산 돌아 찾아온
삼일포 앞바다에서
겹겹의 빗장을 열어야 하는
아직, 멀고 멀기만 한
우리들의 손을 보았다.

선운사 꽃무릇 축제

선운사 산문 지나
구층 석탑 사이로
귀신도 홀릴 듯한 노랫소리
하늘가에 노을로 번지고

도솔암 돌아나온 길섶 언저리
뿌리처럼 서 있는
선홍빛 석류나무

쪽 고른 이처럼
촘촘히 박힌 석류알
전생 복 짓는 공양간에서
선한 여인네로 살다 왔는가

안개비 뿌리듯 어둠 내리는 법당
무대는 절정으로 치닫고
도깨비불 푸릇푸릇 하늘로 나는데

붉은 꽃무릇 애간장이 타들어간다.

세월 가는 소리

늦가을
해 질 무렵
은행나무 이파리
한 잎 두 잎
바람에 떨어지면
내 마음도
그 잎새 따라
뚝 뚝 떨어지고

그 이파리
뚝 뚝 낙하하는
숭고한 이별 앞에
산 너머
세월 가는 소리
가만히 엿듣고 있었다.

어미 새

한가위 지나고
새들이 썰물처럼 밀려가니
붉은 노을로 번지는 하늘가
등산 가방 둘러메고 집 나서
산에 핀 들꽃, 흐르는 강과
자분자분 이야기 나누자
쓸쓸함이 치유된 영혼
산 정상 구름을 돌고 돌아
회귀하는 숲 길섶에
외롭게 서 있는 들꽃 있어
새들이 날아가 버린 남쪽
먼 길 건너 날개 접고 들었노라.

통기타

여섯 개의 줄로
몸을 버팅기고 있는
그대는 소리의 마법사

잘록하게 휘인 허리
풍만하게 이어진 엉덩이

그대의 현 살짝 튕기자
슬픔의 밑둥에서
깨달음으로 빚어낸 소리

여린 풀잎들이 부딪쳐
서로 어우러진 화음
희망의 공명음으로 들리어

영혼과 영혼이 맑아지고
두 눈에 사랑 가득 고여
눈물이 글썽 솟아오르는 소리.

그대는

나뭇잎에 지는
무정한 세월 앞에

고단한 하루를 펴
세상을 향해

덤덤한 눈빛으로
따뜻한 손길 나누는

그
대
는

한 줄기 햇살이다.

꽈리

맑은 종소리 듣고
이슬 먹고 자라
곱디고운 자태

욕심 다 비우고
입술로 불면
천사의 나팔소리

가슴에 묻어오는
섬세한 빛깔
말간 하늘 폭에 그리고

뒤란 장독대에 앉아
밤마다 별 찾느라
이슬 머금고 울더니

건조한 거실 귀퉁이에
가을꽃으로 앉아
가는 세월이 아쉽다 한다.

꽃은 어느새 열매를 맺고

꽃은 어느새 열매를 맺고
만개한 매화꽃이
아무리 곱다 해도
그 꽃 진 자리에
알알이 맺힌 열매
눈물로 비춰 보니

시련은 또 하나의 탄생인가

긴 터널을 건너
봉우리에 우뚝 선
푸르른 너의 눈빛
만개한 꽃보다
열매는 더 영롱하더라.

도마와 칼

도마와 칼이 부딪치면
한쪽은 몸이 패이나
다른 한쪽은
제 뜻대로 자르고 만다

칼은 도마가 있어
제 기량 펼칠 수 있으나
도마는 무수한 칼자국
받아들여야 할 운명

요리는 도마의 포용력과
칼이 만들어 낸 작품
이 세상 손 잡지 않고
살아 남은 생명은 없다.

제4부

겨울, 그 길목에서

적막에 대하여 | 겨울, 그 길목에서 | 그리움
문주란 | 눈 내리던 날 | 전쟁이 주고 간 상처
젊은 아낙의 맘자리 | 순암 안정복 | 시로 만난 인연 | 사진 찍으며
산수유꽃 | 새싹 | 제라늄꽃 | 나이테의 힘 | 제주도로 시집간 화가
주문진항에서 | 비상을 꿈꾸는 청둥오리 | 태풍
휴게소에서 만난 모과 | 남극의 펭귄 | 할아버지의 꽃신
상여꽃 | 행복 | 홍도에서 | 한계령 | 임인년 장마 그치고 | 황혼길

적막에 대하여

간장을 담다가
물에 스르르 녹는
흰 알갱이들을 보며

한여름 땡볕에서
바닷물 써레질로
밤잠을 설쳤을 소금구이
그 적막을 생각해 본다

우리에게 꼭 필요한 묵언
과연 나는 누구를 위해
등 까맣게 태운 적 있었던가

간장을 담다가
화합을 위해 자신을 던지는
흰 알갱이들을 보며

소금보다 더 작은 나를 본다.

겨울, 그 길목에서

늘 푸르던 소나무
삶 그 벼랑에서
흰 스카프 두르고 서 있네
나의 그대는
저 강 건너 있는데
그곳 찾아가자니
밀려오는 파도에
길은 험하고 멀기만 하구나.

그리움

형체도 없는 것을
눈에 보이지도 않는 것을

하루에도 몇 번씩
임의 그림자 찾아 나섰다

무덤덤한 나의 사랑
눈 감으면 보이고
눈 뜨면 사라지는
따뜻했던 어제의 꽃밭

젊어 한때는
아이들 눈망울에
비단실 걸어 놓고
단꿈을 꾸었는데

이 몸 하얗게 사위기 전
그이는 오실까

그 허망한 꿈
지금은 겨울날 꽃밭이다.

문주란

제주도로 졸업 여행 갔던 아들이
문주란 씨 열두 개를 데려왔다

추운 서울에선 싹 틔우지 못할 거라는
남쪽 사람들 말 귓등으로 흘리고
화분에 자리 내어 씨를 심어
날마다 물주기를 180일
이듬 해 봄 여섯 개의 싹을 틔웠다
여름에 시름시름 앓다 몇은 하늘나라 가고
몇은 아들네로 시집보내고

한 그루는 내 곁에 남아
8년이란 세월이 흐른 뒤
상사화 닮은 하얀 꽃 피워
그윽한 향기를 뿜어 올린다

낯선 타향으로 시집와
뿌리 내리느라
사계절 고달팠을 문주란
날마다 바라보는 눈길이 곱다.

눈 내리던 날

온종일 눈이 내리고
흐드러진 벚꽃 바람에 날리듯
꿈꾸듯 꽃잎이 지고 있다

되돌아갈 수 없는 아득한 그곳
강천산 기슭 아래
눈 내리던 방주골

크리스마스이브 날
작은 교회당에서
첫사랑이 번지어 가던 날

신발에 구멍이 나 발이 시리던 날
교회 종소리 사이로
내 안에 꿈을 키우던 날

온종일 눈이 내리고
흐드러진 벚꽃 바람에 날리듯
꿈꾸듯 꽃잎 흩날리던 시절이 있었다.

전쟁이 주고 간 상처

툇마루에 멍하니 앉아
먼 산 바라보던 어머니
이른 봄 자목련
바람에 휘청거리던 날
아들 둘 전쟁터에 잃고
알맹이 빠져 버린 빈 껍데기로
무덤 같던 세월 보낸 나날
젖은 솜처럼 무거워질 때마다
햇빛에 나물 말리듯
그 슬픔의 무게를
흐르는 물속에 풀던 어머니

그 반란 소용돌이 길목에서
봄볕은 파뿌리처럼 엉켜 있고
가슴속 한으로 맺힌
홍자색 목련 같은 응어리
피눈물로 쏟아내던
빛바랜 사진 속 어머니
오늘도 슬픈 얼굴로 서 있네.

젊은 아낙의 맘자리

해가 뉘엿뉘엿 질 무렵
길 건너 마트에 가려다
신호등에 발목 잡혀 서 있는데
아기를 유모차에 태운 젊은 아낙이
초등생인 듯한 두 딸을 불러 세운다

할머니가 아끼고 아껴서 주신 돈
그렇게 헛되게 써버리면 어쩌니

아마, 딸들이 산 물건이
바람 든 풍선이었는지도 모른다
신호등이 파란불로 바뀌자
노을빛 속으로 흩어진 사람들
그 자리를 떠나며 뒤돌아보니
행색은 볼품없고 초라했다
그러나 노모의 뜰도 헤아릴 줄 아는 깊은 심지
할머니가 아끼고 아껴서 주신 돈
집으로 돌아와 잠자리에 누웠는데도
그 소리가 자꾸만 내 귓가에 맴돈다.

순암 안정복

산간 오지 텃골 언덕에
바람으로 드나들어
푸른 소나무 되어지고
비바람 눈보라로
나뭇가지 뒤흔들어도
종이와 필묵으로 밤 지새는 나날
울창한 숲을 이루기 위한 바람이었으리

시든 야채처럼 줄기는 늘 나약하나
세상에 한 획을 그을 염원 하나로
삼월이면 옻나무 심으려 밭둑을 누볐고

혼을 담아 영장산에 송백을 심은 뜻은
그 임 가슴속에 촛불로 타오른 꿈
그의 긍지와 눈물로 밝힌 빛
소망의 촛대 위에 불을 켜는 것

몇 세기 넘나드는 길목
푸른 거목의 소나무
이택재(麗澤齋) 뜰에 우뚝 서
아침 해를 맞이하고 있다.

시로 만난 인연

눈에 봄꽃 들어오면
가슴은 설렘으로 붉게 번지고

세상을 오가는 그대
기쁨과 슬픔의 경계 밖에 있다

옷깃을 스치는 인연
조용히 바람으로 다가와
어둠을 환하게 밝히는 꽃

잎새 하나 없는 뜨락에
겨울바람 차가운 날
소리 없는 웃음꽃으로 숨어들어

아무도 흉내 낼 수 없는 간절함으로
이 겨울 눈물로 퇴고한 시
가슴 찡한 한 편의 드라마

내 안으로 찾아든 인연이다.

사진 찍으며

어느 봄날
흐드러진 벚꽃 아래서
손 흔들며 네가 웃고 있다

핏기 잃어 누런 얼굴 너머
세상이 울고 있는 오후
강물 따라 너도 흐르고
바람 따라 나도 흐른다
시간은 자꾸 흘러만 가
지금 이 순간을 담기 위해
앵글 속에서 너를 노려본다

햇살 좋은 봄빛 아래서
환하게 웃고 있지만
사실은 울고 있는 너
숨 가쁘게 흐르는 세월이라
너 사위어 초라해지기 전
생애 한순간을 숨죽이며 잡는다.

산수유꽃

지리산 연곡사 가는 길
수줍은 산수유나무가
노란 꽃망울 터트리고 있다

꽃물로 번지는 그리움
산등성이에 뜨면
추위와 맞섰던 나무는
앙상한 가지에 꽃을 피운다

제일 먼저 봄을 알리는
노란 조밥 닮은
저 꽃이 지고 나면
나무는 잎을 틔워 숲으로 가고

나는 강물같이 흐르는
세월 속으로 갈 것이다.

새싹

내가 만든 텃밭에
씨앗을 뿌려 놓고

아침마다 궁금해
인사하러 갔더니

어느 날
저 왔어요
저도 왔어요

상추 쑥갓 아욱
서로 손짓을 한다

그래그래
무사히 잘 왔구나
머리 쓰다듬어 주면
모두 즐거운 표정

나도 덩달아
발걸음 가벼워
행복한 사람.

제라늄꽃

전염병 코로나19로
꽃도 마음대로 피울 수 없는 시절
햇살 가득한 아파트 베란다
제라늄꽃 연분홍으로 피었다

어젯밤 손님으로 오신 눈
앞뜰 앙상한 나뭇가지에
새하얀 눈꽃을 피워
가슴을 설렘으로 채운다

신들린 듯 떨고 있는 꽃
수백 개의 촛불로
펄럭이듯 피는 눈꽃

내일이면 모두 부서질
꽃잎인 줄 모르고
환하게 웃고 있는 꽃

연분홍 제라늄꽃
눈꽃의 슬픔, 저 먼저 알고
한 잎 두 잎 세상을 뛰어내린다.

나이테의 힘

젊은 날은
남의 허물만
크게 보이더니

나이 들고 보니
내 허물이
산처럼 높게 쌓였구나.

제주도로 시집간 화가

박경리의 〈토지〉 인물 중
용이 닮은 우직한 사내를 만나
뭍에서의 꿈 다 저버리고
오롯이 섬 각시 되어
온몸으로 엮은 시와 그림
찻집 벽에 걸어 두고
바닷가에 앉아 그림 그리다
남편의 낭만벽에 부딪쳐
화나면 고래고래 소리 지르고
이슬 젖은 꽃 보면 와락 껴안고
선머슴 같으나 매혹적인 여인

서귀포 바닷가에서 생을 태운다.

주문진항에서

깃발 휘날리며 나갔던 어선들이
어둑새벽에
항구로 들어온다

마음대로 헤엄치던 바다를 뒤로 하고
경매장에 즐비하게 늘어선 물고기들
대구, 고등어, 가자미, 문어, 쥐치
성미 급한 고등어
숨 끊긴 채 시멘트 바닥에 누워 있고

고무 함지박 속 살아 있는 문어
참선에 들었는지 미동이 없어
손가락으로 가슴 두어 번 눌렀더니
대답하듯 여덟 개의 손을 펼쳐 보인다

바다를 떠나서도
바다처럼 살겠다고 약속해 놓고
삶과 죽음의 경계 어딘지 모르고
사람들이 던진 미끼에 눈멀어
끌려온 곳이 어딘지 몰라
낯선 풍경에 놀란 듯 울고 있다.

비상을 꿈꾸는 청둥오리

나무들이 잔뜩 웅크린 겨울날
햇살 꼬리 길게 질 무렵
물속에 몸을 담그고 앉아
먹이 줍는 청둥오리

고요에 실린 물결
저들의 터전인가
부리 탁탁 부딪치더니
삼삼오오 짝지어
갑자기 비상을 꿈꾼다

오늘을 살아내야 할 삶의 무게
쉼 없는 자맥질 무위의 몸짓
황홀한 연기가 되는
저 쓸쓸한 춤사위

봄으로 가는 길목
그림 같은 풍경 한 점
새로운 삶 추구하듯
노을빛 속으로
내 그림자 끌고 간다.

태풍

해맑게 푸른 계절 보내는데
갑자기 먹장구름 몰려오더니
천둥치며 세차게 쏟아지는 빗줄기
짐승의 울음으로 차갑다
뜰에 서 있는 나무들은
술에 취한 듯 비틀거리고
비바람이 세상을 삼킨 저녁
은행나무 이파리 파랗게 젖었다
거리엔 오가는 인적 끊기고
풀꽃들 두려움에 숨죽인 하루
창문 닫아걸고 귀를 세웠다가
어둠 몰아내는 불 밝혀
해 솟는 아침 길을 그려본다.

휴게소에서 만난 모과

늦가을
못생긴 모과 서너 개
나뭇가지에 매달려 있다
이별을 고하며 떨어질 준비로
꼭 붙잡고 있는 저 두 손
자유의 모난 몸짓
귀뚜리 슬피 우는 밤
귀향의 쓸쓸한 휴게소
모과 향기 내 감성을 적신다.

남극의 펭귄

빙하에 살아남으려
눈풍으로 밀려오는 한파
온몸으로 막아내고

뒤뚱뒤뚱 걷는 몸
바다에 던져
크릴새우 구하려
물 밑으로 내려가나

물가에 앉아 떨고 있을
아이들 생각에
가슴 졸인 시간
물 위에 풀어 놓고
파르르 떠는 날개

그토록 열망해 왔던
바다에 대한 꿈
이루었다 우쭐대더니
찬란한 여름의 끝에
지구 온난화로
힘겨운 삶을 산다.

할아버지의 꽃신

어릴 적
꽃바람 타고
오일장 다녀오시던 할아버지

내게 꽃신을 신겨 주시며
예쁨도 제게서 나고
미움도 제게서 난다
하시던 할아버지

세상은 제 할 탓이라며
촉촉이 젖은 눈길로
어깨 토닥여 주며
귓등에 못박히도록
노래 불러 주시더니

아직도 내 가슴엔
할아버지의 꽃신만 남아 있다.

상여꽃

어릴 적
인척 남촌 할매 하늘나라로 가
상여꽃 만든 낮달 아래서
꽃상여에 꽂고 남은 꽃
서로 가지려고 친구와 싸웠다

꽃 만들던 동네 아저씨
자야, 네 할아버지 가시면
꽃 많이 만들어 줄게
싸우지 마라

비수로 날아와 꽂힌 말

버거운 삶 그 길목마다
용기 내라며
눈가를 적시던 할아버지

저 노을 다 타도록
내 곁에 있을 줄 알았는데
그리움으로 목이 멘다.

행복

무더운 여름날
시원한 바람이 행복이다

바람만 행복이 아니다
내게 오는 것은 다 행복이었다

외롭던 어린 날도
그 외로움 안고 몸 떨었던 젊은 날도
돌이켜보니 다 행복이었다

그 외로움 견뎌 내지 못했더라면 지금
내 뼈는 이렇게 단단하지 못했으리라

중년에 이르러 세상이 나를 가만두지 않고
숱한 고통의 순간들을 맛보게 한 시간들
내 영혼을 살찌게 빚기 위한
담금질이었으리라

탐욕에 눈멀어 결국
맑은 정신 잃어버린 이가
지천에 헤아릴 수 없이 많거늘

아직 약물 의존하지 않고 본연 그대로
푸른 하늘 바라보는 풀꽃으로 서 있으니

담장 위 능소화 절정을 이룬 여름날
지나온 길목마다
아픔도 시련도 행복이었다.

홍도에서

물안개 자욱한 망망대해
아득한 저 수평선 위로
무리 지어 하늘 나는 갈매기 떼

장승처럼 바다에 서 있는
갖가지 오묘한 석상들
보살 같은 얼굴로
사나운 파도와 사투를 벌인다

바다 한가운데 칼바위
두 손 모으고 기도하는
성모 마리아상
생을 잉태시킨 성지
남녀의 음부와 음경

저 성지가
이토록 거룩할 줄이야

세월 속 눈비에 씻기고
폭풍 휘몰아쳐도
의연하게 서 있는 저 형상들

세월 흘러 우리 모두
세상 떠난 뒤에도
저기 저 자리에 의연히 서 있을까.

한계령

사월도 끝자락인데
쑥 냄새 신선한 봄이 아니고
아직도 꽃샘추위에 귀가 시리다

기암절벽 사이로
늘 푸른 저 소나무
하늘 향해 묵언으로 기도하는데
가슴을 파고드는 바람을
잠재우는 바람의 손은 없다

뱀 꼬리마냥 구불거리는 오솔길
천의 얼굴 저 곡선 내려다보니
여인의 알몸보다 더 신비롭구나

구름도 진경산수에 머물고 싶어
이슬비 저토록 하염없이 내리는가.

임인년 장마 그치고

며칠째 비가 내렸다
강둑을 걷는 아침
앉은뱅이 다리
물살에 허리 잘려 난간에 걸쳐 있고
수양버드나무
뿌리 뽑힌 채 물속에 하늘거려

눈부신 햇살 물결에 실리어 오려는가
뻘겋게 흐르는 강물 사이로
뿌연 물안개 자욱하다

하마처럼 내달리는 흙탕물 따라
내 시름도 함께 흘러갔으면

저만치 푸른 하늘 귀퉁이
물 위를 오르내리던 백로 한 쌍

돌아갈 집이
빗물에 푹 젖어
목 빼고 소나무 가지에 앉아
푸른 새날이 오기만 기다린다.

황혼길

봄꽃은 만개했는데
허허로운 들녘인 듯
세상은 황량하기만 하네

지난밤 소나기 내리더니
땅바닥에 흩뿌려진 꽃잎

새들이 나뭇가지에 앉아
입을 모아 이야기하네
화려한 시절 오간 데 없어

따뜻한 가슴으로
서로를 보듬어 아우르면
행복이 햇빛에 실리어 와
좋은 열매를 맺는 열쇠이니

커단 거울 앞에 꿇어앉아
한 땀 한 땀 복 지으며
돌아와 묵도하라고 하네.

■ 발문

그리운 기억의 시간들

서용순_ 수필가, 이지출판 대표

초혜 문금자 시인의 두 번째 시집 《그리움, 기억 속으로》에 실린 108편의 시를 꼼꼼히 읽었다. 가슴이 먹먹했다. 그의 시 속에 담긴, 그가 하고 싶은 얘기들이 뇌리에 한참을 머물다 가슴으로 내려와 박혀 버린 때문이다. 오랜만에 느껴본 감동의 소용돌이였다.

그가 첫 시집 《어느 봄날의 만찬》을 펴내고(2007년) 16년 세월이 흘렀다. 그 시간의 간극(間隙)을 넘어 더 깊어진 사유와 풍성한 시어, 그리고 간절한 표현들! 나는 이렇게 고백하고 싶다. 이런 시인을 만난 건 행운이라고. 독자로서도 출판인으로서도 기쁨이자 희열이라고.

그는 오곡찰밥과 갖가지 반찬, 지난겨울에 담근 동치미까지 그 멀리서 가져와 또 한 번 나를 울컥하게 했다.

음식 이야기만 나오면 주눅이 드는 나는 음식이 주는 감동에 매우 취약하기도 하지만, 사실 그런 각별한 마음을 내기가 쉬운 일이 아니기에 그 인정스러움에 푹 젖고 말았다. 그의 주변엔 밥을 해 먹이고 싶은 사람이 많다. 그가 어떤 사람인가를 알 수 있는 대목이다. 그중 한 사람이 된 것만 해도 감사하다.

그의 시세계는 가슴 깊숙이 똬리를 틀고 있는 깊은 그리움으로 물들어 있다. 그의 시를 읽고 있으면 낮과 밤이 여명 속에서 서로 맞물리듯 그 경계에서 진한 기억과 멈출 수 없는 사랑이 교차한다.

그의 시가 매우 단단하고 감동적인 것은 강렬한 시적 모티브에 의해 농축된 시상과 원형적인 정서가 자연스럽게 관통하고 있기 때문이다. 그래서 시적 품격과 함께 감동의 진폭을 더해 준다. 이것은 긴 세월 치열하게 살아온 작가정신에서 비롯된 것이다.

시는 잘 읽혀야만 한다. 애송되지 않는 시는 생명이 없는 것과 다르지 않다. 여러 유파와 경향의 시들이 각기 개성과 특장을 지니고 있다 하더라도 시의 제일의적(第一義的)인 것은 읽혀야 한다는 것이다. 이러한 관점에서 보더라도 문금자의 시는 잘 읽힐 뿐만 아니라 진한 그리움의 기억과 그 시간들에서 묻어나는 감동이 넘친다.

시집은 4부로 나누었다.

'제1부 마루에 앉아 있는 난'은 "겨울의 냉기를 다독이며 햇살이 들어오는 쪽을 바라보는" 봄을 향한 존재들의 묵도(默禱)다. 그것들은 "시샘할 줄 모르고, 기쁜 노래를 부르며, 마치 참선하는 수도승같이 앉아" 봄을 피워 내며 존재를 알린다. 금잔화, 장미, 메꽃, 벚꽃, 진달래꽃들의 유혹과, 쑥을 캐고 삐꾸기까지 불러낸 그의 유년의 기억을 따라가다 보면 봄으로 물들어 가는 세상의 메시지를 읽을 수 있다.

'제2부 비 오는 날의 그림'에서는 강(江)이 자주 등장한다. "저녁 강가에 덩그러니 서 있는 고니"에서 "시 한 줄 읊고 싶은 간절한 꿈을 이루"기 위해 강물을 품는 시인의 모습이 오버랩된다. 시인은 그 "강변에서 봄을 찾고, 얼굴 마주하고 손 맞잡던 그"도 만난다. 또 "강기슭에 옹기종기 모여 해바라기하고 있는 물오리 가족"에서 지난날 자신의 가족을 떠올린다. 젊은 날의 초상이요 그리움이다.

'제3부 꽃은 어느새 열매를 맺고'에는 "무거운 세월 이고 살아온 날들"의 그리움이 묻어난다. "언 땅에서 꽃 피운 순백색 매화꽃이, 온몸으로 땡볕을 견디느라 시들어 간 모종이, 영혼을 뒤흔들며 울어대는 매미들이, 노을보다 더 붉은 단풍잎이, 눈 내린 뒷날 신들린 듯 떠는 눈꽃이" 시인을 울리고 읽는 이를 울린다.

자연을 통해 인생의 사계(四季)를 이토록 절절하게 표현할 수 있는 시인이 몇이나 될까.

'제4부 겨울, 그 길목에서'는 적막이 흐른다. "간장을 담다가 물에 스르르 녹는 흰 알갱이"에서 자신의 삶을 돌아보는 시인의 묵직한 목소리에서 나는 한 번 더 비상하고 픈 그의 간절함을 보았다. "꿈꾸듯 꽃잎 흩날리던 시절"과 "아무도 흉내 낼 수 없는 간절함으로 이 겨울 눈물로 퇴고한 시 (…) 내 안으로 찾아든 인연"을 굳건히 지켜내며 "생의 한순간을" 꼭 붙들고 창공을 날아가는 시인의 염원이 그것이다.

이제 문금자 시인은 "무더운 여름날 시원한 바람이 행복"이고, "바람만 아니라 내게 오는 것은 다 행복이었다"고 말한다. "외롭던 어린 날도, 그 외로움 안고 몸 떨었던 젊은 날도, 숱한 고통의 순간들을 맛보게 한 시간들도, 내 영혼을 살찌게 빚기 위한 담금질이었다"고 거침없이 고백하고 있다. 이건 아픔도 시련도 잘 견뎌낸 사람만이 할 수 있는 얘기다. 사유와 성찰의 시간이 만들어 낸 결과다.

이 글을 마무리하며 문금자 시인의 눈부신, 그리고 당찬 시 〈행복〉의 끝부분을 소개한다. 그리고 내게 시를 읽는 기쁨을 선사해 준 작가의 공력(功力)에 깊이 감사하며, 그에게 아름다운 날들이 펼쳐지길 기도한다.

아직 약물에 의존하지 않고 본연 그대로
푸른 하늘 바라보는 풀꽃으로 서 있으니

담장 위 능소화 절정을 이룬 여름날
지나온 길목마다
아픔도 시련도 행복이었다.

그리움, 기억 속으로

펴낸날 초판 1쇄 2023년 7월 25일

지은이 문금자
펴낸이 서용순
펴낸곳 이지출판

출판등록 1997년 9월 10일
등록번호 제300-2005-156호
주소 03131 서울시 종로구 율곡로6길 36 월드오피스텔 903호
대표전화 02-743-7661 **팩스** 02-743-7621
이메일 easy7661@naver.com
인쇄 ICAN
물류 (주)비앤북스

값 12,000원

ISBN 979-11-5555-203-2 03810

memo